Pour Emma !

Bon voyage au pays des Citrouilles !

Bises

2013

*« Soyez ce que vous voudriez avoir l'air d'être. »*

Lewis Carroll

*Je dédicace cet album à ceux qui ont toujours cru en moi.*
*Amis, famille, merci pour votre soutien.*

*À Kenny, qui a rendu ce rêve de papier et d'encre possible.*
*Merci pour tes encouragements et ta patience.*

*À ma BFF Lulu. Merci pour tes conseils.*

*À Paul et Juliette. Rester soi-même est une chose précieuse, ne l'oubliez jamais et soyez fiers de ce que vous êtes.*

MLL



Dépôt légal : Avril 2013 - ISBN : 978-2-9544028-0-2
Loi n°49-956 du 16 juillet 1949 sur les publications destinées à la jeunesse.

Première édition : Mars 2013
Imprimé en France par Sepec - 09873130233

# Anabelle et Baltimore

Marie Ligier de Laprade

Le jour se lève sur le pays des citrouilles.

**Assise sur une pile de cartons, Anabelle la petite sorcière fixe la fenêtre, pensive, son chat Baltimore à ses côtés.**
**Toutes sortes d'ustensiles jonchent le sol, prêts à être déballés et installés.**
**Mais Anabelle n'y accorde aucune importance. Elle n'a pas l'air enchantée de son arrivée dans cette nouvelle maison.**

**Déménager, une belle aventure…ça Anabelle en doute…**

CARTES SORTILÈGES
BAGUETTES
Fioles
GRIMOIRES
USTENSILES

iles de fées
sud-ouest
un soir de pleine lune
Vers du
pour potion

Depuis son arrivée dans cette nouvelle ville, elle est loin d'être heureuse.
Tout le monde se moque d'elle.

Ses longs cheveux tournicotants, ses longues jambes arquées, ses joues trop roses et ses taches de rousseur…rien n'y échappe ! Même Baltimore son chat fait l'objet de moqueries. Un chat noir avec une tache blanche, pas super pour une sorcière !
« La vie est bien injuste avec moi » pense Anabelle. « Si j'étais jolie, je suis sûre que tout irait beaucoup mieux… »

Baltimore a beau ne pas être tout à fait noir, cela n’en fait pas moins un chat exceptionnel. Tellement exceptionnel qu’il décide de lancer un sort à Anabelle.

De longs cheveux lisses et brillants, d’une couleur flamboyante, un joli teint pâle, de belles jambes bien droites.
Anabelle n’en croit pas ses yeux ! Comme elle a fière allure !

Elle se jette au cou du petit chat pour le remercier et s’élance vers la ville, Baltimore sur ses talons.

Une grande tour apparaît au loin.
C'est là que tous les sorciers et sorcières de son âge se retrouvent pour échanger secrets, objets ensorcelés et formules magiques de toutes sortes.

**Anabelle avance d'un pas assuré, parée de son plus beau sourire.**
**L'assemblée reste figée, surprise.**
**Tout le monde observe Anabelle, qui, persuadée d'être maintenant parfaite,**
**ne bouge pas d'un poil !**

Baltimore se demande si son plan va fonctionner.
Il commence à s'inquiéter quand finalement…

« Bonjour Anabelle » lance un jeune garçon aux cheveux d'ébène. « Moi c'est Victor ». Il joue d'un instrument qu'Anabelle ne connait pas mais qui produit une mélodie d'une douceur incomparable et qui se mêle aux rires des enfants jouant à proximité.

« Tu veux te joindre à nous ? » lance une jeune sorcière parée d'un magnifique chapeau.

« Nous essayons un sortilège pour faire pousser des plantes carnivores ! Je viens même de réussir à faire danser la mienne » Anabelle n’en croit pas ses yeux !

Les heures passent et les jeux s'enchainent : courses de balais, chasses aux trésors, formules magiques, et métamorphoses, les bonbons et le jus de citrouille en plus ! Tout est là pour plaire à Anabelle.

**Elle savoure ce superbe après midi et profite des moindres détails, les chansons, les formules, les nouvelles cartes de sortilège qu'elle a pu acquérir…**

**Quel bonheur de tant s'amuser et de pouvoir se faire autant de nouveaux amis !**

La nuit commence à tomber sur le pays des citrouilles. Il est temps pour notre petite sorcière de rentrer. Le cœur léger et la tête remplie de jolis souvenirs, Anabelle se dirige vers sa maison, pensive… Un sortilège ne dure qu'une journée, tous les sorciers le savent bien…Et demain tout sera fini.

Elle lève la tête et rêve…et… Boum !...

La voilà qui trébuche et dégringole sur le chemin caillouteux.
Ses lunettes se brisent en mille morceaux !

Le charme est rompu et Anabelle se découvre comme avant, les cheveux en bataille, étalée de tout son long sur le sol.
« Je ne comprends pas » s'écrit-elle. « Il n'est pas encore minuit ?»

En réalité Anabelle est loin d'imaginer la vérité.

Baltimore avait juste ensorcelé ses lunettes.
Anabelle voyait donc à travers ces deux petits morceaux de verre tout ce qu'elle aurait aimé être.
Mais cet accessoire en moins elle était toujours la même.

Et Baltimore à son tour déclare : « Jamais tu n'as changé belle Anabelle.
Tu avais juste confiance en toi !
Grace à ça tu es allée vers les autres et ils ont pu voir quelle petite sorcière extraordinaire tu étais ».

Anabelle a les larmes aux yeux…
Elle comprend que son rêve ne s'arrête pas ce soir.
Bien au contraire, il commence tout juste !

Elle serre son ami contre son cœur. Elle se sent légère.
Qui a dit qu'il était mal d'être différent ?!? Merci Baltimore !